다홍빛을 사랑하고 싶은 날

다홍빛을 사랑하고 싶은 날

초판인쇄 2024년 9월 30일
초판발행 2024년 9월 30일

지은이 우인식
펴낸이 이해경
펴낸곳 (주)문화앤피플뉴스
등록번호 제2024-000036호
주소 서울 중구 충무로2길 16, 4층 403호 (충무로4가, 동영빌딩)
대표전화 02)3295-3335
팩스 02)3295-3336
이메일 cnpnews@naver.com
홈페이지 cnpnews.co.kr
편집 디자인 황휘연

정 가 13,000원
ISBN 979-11-987713-5-3(03800)

〈2024년 시민책 출판비 지원사업〉으로 제작하였습니다.

다홍빛을 사랑하고 싶은 날

우인식 시집

문화앤피플

내가 추구하는 시의 삶

반딧불이처럼
한여름 밤 황홀, 경이롭게
순간 반짝이는 것보다
검푸른 바다에서 선박이
항로를 찾을 수 있도록
해주는 별자리처럼
오래오래
누군가의 심중에 남아 있길
바라면서
이 글을 세상에 펼친다

2024년 9월
우 인 식

목차

제1부 연초록 얼굴

제2부 정돈의 시간

제3부 홀로 앉아 있는 벤치

제4부 사랑과 편견

제5부 붉은 뒷모습

제1부
연초록 얼굴

서러운 라일락 계절

노인이 고철 몇 개 싣고
언덕길을 내려오고
있다
낫처럼 굽었다

해거름에나 하시지,
그러나 노인에겐
호사스러운 말일 것이다
당장 이걸 팔아 라면이라도
드셔야 하기 때문에
햇볕은 오월이라지만
독수리 부리처럼 날카롭다
아무리 뜨거워도
노인의 라면을 끓여 주진 못하겠지?
시멘트 길이 기역자
그림자들을 받아 적고 있다
꽃향기는 저리도 살가운데
참! 서러운 라일락 계절이다

선생님 등이 따뜻했네

올망졸망한 아이들이
노랑꽃창포 옆으로
조랑조랑 손을
잡고 이팝꽃 아래를
사근사근 걷고
어느 어린이집 선생님
졸고 있는 아이를 업고 간다
십여 일 지나면
스승의 날,
아이는 성년이 되어서
선생님의 따뜻했던 등을 기억하겠지
길가 철쭉꽃들
여유로운 오월 햇살을 줍고 있다

연초록 얼굴

하늘 있어
바다가 있고
파랑은 쟁기가
흙을 일구듯
벼랑에 메밀꽃을
일구고 있다
사월은 모든 물상
봄을 꿈꾸는지
산기슭 연초록 감잎
꽃만큼이나 아름답다

지금이 그때

오늘도 걷고
어제도 걸었다
아직도 내려놓지 못하고
날마다 메고 다닌다
이제는 버릴 때도 되었건만
인연도 이어 가지 않으면
추억일 뿐인데
추억은 망각으로
지워야 하지만
놓지 못해 안고 있는
우둔함이여
커피 속 얼음처럼
녹아질 날 언제이려나
놓거라! 놓아라.
그때가 지금이다

대웅전

봄 햇살은 더디 가고

영산홍 붉은 빛깔은
짙어지는데

법당 목탁 소리

목련 잎새
그늘에 잠긴다

산꿩 울음 같은 밤

무엇으로 사는가
왜 자정도 훨씬 지난
이 시간에 이러고 있는가
이 시간에 얻어지는 것은
무엇인가
어떤 것을 추구하는가
어둠도 묵언하는 심야에
무엇을 얻고자 이러는가
한 줄의 글도 뜻을 모르는
심야에,
빗소리가 산꿩
울음 같은 밤 무엇을
탐하는가

보석을 훔치며

그에게 묻지 않고
혼자만 사랑하고 있다는
생각만 하고 있으면
잘못은 아닐 것 같은데

그래도 그에게
나 혼자 생각하고
사랑해도 되냐고
허락받지 않은 것
말없이 훔쳐 온 것
같은 마음

더디 가는
달무리 바라보기
부끄럽다
묻지 않고 감춰 둔
애상愛想한 마음

승낙받지 않고
보석 훔쳐 온 것처럼
한 떼의 비무리처럼
무겁구나

겨울 산봉우리

모든 옷을 벗어 버리고
서 있는 너
안쓰럽구나

짙푸른 둥지 아래
쉬고 있어도
아무 말 없던 너의 너른 맘이
좋아 수없이 기대던 날들

이제 비치볼 같은 바람 둥글둥글
날아오면 연둣빛으로
단장하는 모습 그립다

겨울 동화

숫눈이 하얗게
깨진 장독 뚜껑을
맞춰 주고 있다
곧 잣눈이 샛길들을
덮어 버렸다
아무도 오지 못하고
숫눈과 잣눈만이
남아 있네
아이 둘이서
빨간 털장갑
파랑 털장갑이
눈사람 머리에
솔가리를 붙이고
이렇게 눈길이 막혔는데
산타할아버지
오실 길을 어떻게 만들지?
아이들 입에서
김이 설설 피어난다

내가, 나에게

밤을 들여다보라 하네
어둠밖에 못 보았네
다시 보니 연 날리던 소녀
예쁜 꽃잠 들었네

찻잔 들여다보라 하네
카페인에 잠만 설쳤네
그러나 향은 깊은 유혹이다

호떡 맛보라네
혀만 데었네
근데 맛은 꿀이다

별, 달 뭘 하나 보라네
달무리밖에 못 봤네
그런데 별빛 손짓
먼 옛일 생각나네
긍정과 부정이 나란히 걷고 있네

돌담장

아이 눈동자처럼
청아한 천공
바람은 더 없이
상큼하고
돌담장에 아장아장
올라가는 담쟁이
불그레한 모습이
오랜 친구 만난 듯
정겹다
영글어 가는 가을날에는
간당간당 메말라 가는
잎새도 꽃으로 보인다

살래살래

갑자기 쭈룩쭈룩
어떤 이가 정자에서
살래살래 흔든다
그런다고 물방울 떨어질까

머리칼도 살래살래
그런다고 말려질까

살래살래 흔든다
소낙비 멈춰질까

살래살래 흔든다
그런다고 장마가 멈추겠냐

비둘기 살래살래 초리를
흔들고

고양이 꼬리를 살래살래 흔든다
혹시 아냐, 고기 한 점 뚝 떨어질지

빗방울 살래살래 호수 수면에
동심원을 그리려 율동을 하고 있는 듯하다

카페

괜스레 바람에
울렁이는 것 같다

봄이라 설레는지
걸을 때마다
커피가 배옥이 빨대를
흠칫거리며
상냥한 봄 향기 맡아 보는
볕 좋은 날

섬진강 솜사탕

며칠 전부터 섬진강
솜사탕 같은 뭉게구름
피어나더니
갑자기 소나기처럼
더위가 후끈 달아올랐다
보리가 영글어져 가는 날
라일락 향 돌담에
기대고 있다

맥박

까만 가죽옷을 입고
심장을 가진 여행용
콤팩트 같은 시계
몇십 년 전 오랜 시간
형님이 외국 여행을 다닐
때 지니던
시계를 내게 주었다
서랍 속 고이 두었다
꺼내서 보니 마치
형님을 뵈온 듯,
사르락사르락 태엽을 감고
책상에 두었더니
째깍째깍 형님 맥박 소리 같다
자명종 소리는 마치
형님 목소리 같다
슬슬 가슴이 더워져
후 길게 숨을 내쉬면서
창밖을 보니

새하얀 함박눈이 내리고 있다
오래전 형님과 함께
담양 소쇄원에 겨울 여행을
갔던 날도
이렇게 눈이 지천으로
내렸는데,
내렸는데,

찔레꽃가뭄*

나뭇등걸처럼 쩍쩍
갈라져
보는 이도 안쓰럽다
생명수 마셔 본지
언제였는지 기억도
없을 것이다
양동이로 들어붓듯
폭우가 쏟아졌으면 좋으련만
오늘도 매지구름은 기척 없고
말라가는 벼 포기마다
겨우겨우 한 숨소리
가득하다

*찔레꽃가뭄: 모내기 철이자 찔레꽃이 한창 필 무렵인
　　　　　음력 5월에 드는 가뭄

두란杜蘭

웃을까 말까, 활짝 웃을까
두 팔로 명주바람을 안아 볼까
새침하게 웃지 않아 볼까
소소리바람과 손을 잡고 있을까
마음이 변덕을 부린다
동박새가 넌지시 일러준다
넌 지금 봄 그네를
타고 있어, 그런다고?
그러면 혹시 내가 봄바람에 취한 건가?

난감하네
-코로나19

"잘 익은 과일 한 상자
보내준다고."
어쩌지, 상자에 바이러스
묻어올 텐데
"봄 색깔 넥타이 보냈다는데"
왜 하필 이때

상자는 왼손 오른손
어느 손으로 만져

난감하네, 난감해!

오월의 속살

바람이 쓱 지나가고
사르락 나뭇잎 떨리는
소리가 들린다

오월의 속살 같은
엷은 청보리 향

비 온 다음 날 어디쯤에서
워낭 소리가 비탈진
논고랑 계곡에 동심원처럼
여울지고

아이들 웃음소리 따라
그을려지는 풋보리 내음
뭉게구름도 눈부신
옥수수수염 붉게 짙어가는 날

명지바람

바람은 수채화 물감처럼
강섶에 분홍빛 진달래
그려놓고

산자락에 샛노란 개나리
그렸네

일렁이는
물 위에 꽃수를 놓고
바람은 꿈결 같아

강바람처럼 너울너울
흘러가니
세월을 잊고 있네

회색 하늘

새벽부터 덜덜
소소리바람,
봄이 오는가 싶더니
간간이 하얀 점들을 찍고 있다
나도 몰래 올까 봐
어디쯤 왔는가
아무리 귀 기울여도
발걸음 소리가 없다
혹시 잠든 사이 소복소복
오시는 모습 못 볼 것
같아 창가에서
쉬 잠들지 못하는 밤

남해에서 온 보들바람

남쪽 섬에서 건너온
보들바람
홍매화 언저리
맴돌고
꽃구름 피는
섬진강 벚꽃 길
행복을 꿈꾸는 사람들
미소 짓는 봄날
바람도 달달하다

보랏빛 수국

수국아, 수국아
철 지난 수국아
너에게 아직
여력이 남아 있다면
빨간 맨드라미도
만난다면 얼마나
좋을까

제2부
정돈의 시간

금줄

기다란 복도 불빛이 평온하다
방문들 앞에는 스튜어디스 쪽 찐 머리처럼
정갈한 모습들 가슴에 리본을 매달고,

공주님 빛 봄을 축하한다
아가 고맙다 수고했다– 시부모

공주님 탄생을 축하한다
사랑한다 내 딸! – 엄마, 아빠가

순탄히 탄생을 축하, 축하 사랑해 언니야
순탄히 예쁜 –이모들이

막 엄마 아빠가 된 두 사람이 손을 꼭 잡고
신비스러운 눈빛으로 꽃바구니에 매달린
글들을 보며 조심스레 걸어가고 있다

첫여름

소록소록한 새순들
오종종
햇살은 윤을 더해주고
물결은 나무 그림자를
흔든다
바람도 없는데
풀숲에서 싱그러운
초여름 향기가
스르르 번져 오는
해맑은 산책길
다채로운 아침을
담아 왔다

산책

앞산 노을
옆 산 뻐꾹뻐꾹
산산한 바람
어깨에서 시소를
타고 있네
깃털 같은 마음
민들레 씨방처럼
날아갈 것 같은
이슬이 채 마르지
않는 새벽

부모는 365

다섯 살 때는
날마다 나가자고
보채더니
초등생이 되고는
주말에 놀러 가자고 해도
친구와 놀면서
과자 사 먹는다고
손만 내민다
앞으로도 쭉 그럴 것 같다
자식 손은 카드
부모는 365
아이 손에 지폐를 건넨다

행복한 아침

낙엽 몇 잎
외롭고 쓸쓸하다

어쩌면 고즈넉함이 주는
여유로움 같기도 하고

잠시 후 햇살 한 줌
단풍잎에 앉아
가을을 쪼고 있다

아! 그래 신선하고 행복한
가을 아침이네

그즈음 그 숲에 가면

앞서가는 이 "난 이 내음 울렁거려"
또 다른 이 "참 역겹다"
어떤 이는 "비릿하긴 하지만
괜찮은데"
 "살짝 설익은 듯한 옥수수 향
같은데
왜들 저러지"
각양각색 후각들
바람이 전해주는 향
이채롭다
저 꽃 다 지면 얼음물에 밤꿀 넣고
마셔 볼거나

모기

목덜미에 뭔가 찔렸다
전광석화라 했던가
오리처럼 고개 숙여
잡은 것 솔가리다
휴!
　"이제 모기는 없어요
깻단 도리깨질처럼
색바람과 함께 모두
날려버렸으니까요"

변치 않는 건

오직

시간,

세월, 뿐

띠 두른 봄

앞집 뒷집 아주머니
옆집 남자들
걷다가 덥다고
옷을 벗고
하나 같이 띠를
두르고 가고 있다
옷을 벗긴 봄이다
아기 업듯 봄을 업고
가고 있다

풍물패 같은 삶

풍물패 한바탕
소란스레 놀다 간 공허한
공터 같은

아무것도 남지 않은
주인 잃은 신발짝 하나
청승스레 덩그러니 남아
있듯

우리 삶도 호령호령해도
한 줌의 바람 앞에 박무 같은 삶
구름처럼 달빛처럼
가만가만 살아가세

발효되는 봄

꽃눈이 내린 듯한 우듬지
파란 하늘을 이고
들녘은 하늘 한편 자르더니
밭이랑에 깔고 있다

햇볕이 영글어지는 오후
벚꽃 잎들 하르르하르르
어쩌면 술독에 효소가
발효하듯 봄이 발효하고

수달이 사월을 베어 무는 강섶
꽃구름 피어난다.
벚꽃 잎 파랑 밭둑에
쑥을 캐는 노란 머릿수건에
날아 앉는 오후

유월이 모레

금계국 노랑 빛
수양버들 초리 사이로
꽃창포 바라보는 것이
같은 옷 색깔이
궁금한지,
까치 한 쌍 소나무 가지에
앉아
제 그림자 내려다보고
새들의 노랫소리
유월의 서곡을 합창한다
관중이 오시네 동박새
날갯짓으로 손뼉을 치고
유월이 모레인데
참외가 노란색을
입고 있는 이른 아침

산덕

소도시, 오일장이
열렸다
오매 산덕* 언제 오셨소
아따 이 얼마맹이요
요구*도 못 하셨지요
산덕께 연신 덜어 드린다
워매 산덕 이것도 많소 그만 주시오
아따 따땃시 자시시오

*요구 : 요기療飢의 방언(전남)
*산덕 : 사돈댁의 방언 (전남)

우드랜드 2

지천으로 떨어지는
단풍잎들 역광에
반짝이는 별빛 같다
새들 노랫소리에
숲은 아직 적막하지는 않다
아이 노랫소리
늦가을 창가에
세레나데를 부르고 있다

*우드랜드: 전남 장흥군 억불산 자락에 있는 편백 숲

정돈의 시간

간밤 천둥소리에
공원이 정돈되었다
그 많던 씨방. 송홧가루
흔적 없고
나뭇잎에 이슬 같은
물방울이 간간이
모자에 톡톡 떨어진다
이팝나무 꽃송어리
폭우에 부러졌는지
길 위에 떨어져 있어
안쓰러워 밟히기 전에
나무 아래로 던져두었다
그래도 가족 옆에 있으라고
노랑 장미꽃 붉은 장미를
손짓하는 것 외에는 모든 것이
정돈되고 있다

밝아지는 구름 사이로
말간 빛
산기슭에 닿으니
연초록이 초록으로
가고 있을 뿐
모든 것은 원상으로
돼가고 있다

은행잎 편지
-영랑생가

문득 선생님 생각에 마루 한편에 앉아
장독대를 보았습니다
"누이는 놀란 듯이 쳐다보며
'오메 단풍 들겄네.'"

뒷마당에는 붉은 입술 같은
동백꽃이 반겨주었습니다
"어느 날 그 하루 무덥던 날" 졌다는
모란은 아직 잠에서 깨지 않았더군요
파랑 하늘 구름이 아름답던 날
시인님 생각에 그만 또 가 보았던 날
샛노란 은행잎 곱게곱게 지고
있었습니다
노랑 잎들 어쩌면 선생님께서도
혹 보셨을까요?

당신의 시들 같아 고이고이
사진으로 간직하고 왔습니다
혼자 가슴에 품기엔 너무 벅차
사진전에 선보여 많은 이들 가슴에
담아주렵니다
돌담장 아래 봉숭아 곱게 피어날 때
또 들리겠습니다
그럼 안녕히 계십시오
발신인 : 순천 우인식 시인
수신인 : 강진 김영랑 시인

바람에게서 듣는다

산책하다
잠시 벤치에 누워 보았다
지나가던 바람인지
잎들과 꽁양꽁양

바람이 불면 초가을이고
햇살이 잎들 사이로
비추면 초여름

무언가 골똘히
생각하는 오후
잎들이 초록 별빛처럼
반짝이고 잎들의 속삭임을
바람에게서 듣고 있다

곡성 기차마을
-장미축제

꽃봉오리들
파스텔 색깔들
보다 많겠다
살랑이는 바람 향기를
민들레 씨방처럼
날려 보내고 물레가
잠깐씩 돌 때마다
난蘭이 새겨지듯
햇발이
검붉게 흑장미를
빗고 있다

저물녘 빛 하나

아스라한 빛
여윈 잔디가
설핏설핏 안아주고

채 못다 떨어진 잎 하나
져 가는 노을 적막하다

햇살은 눈 내리는 날
마지막 열차표처럼
허전하구나

잠자리

은빛 나래 명주 같다
새벽바람 샘물처럼
시원하다

참나무 타고 앉은 잠자리
미끄럼 타듯 내려와
연 봉오리를 톡톡

이슬같이
맑은 아침

오랜 기다림

왜 올까 이리도 추운데
왜 오지
매년 이맘때면 온다

털신, 모자도 없이 못다 한
말 있을까
미처 보지 못한 얼굴 생각나 오는가
참을 수 없는 그리움 있을까
고양이 걸음처럼 소리 없이 물상들
잠 깰까
저리도 떡갈잎 같은 모습으로 오는데
숨소리도 없이 간밤에 하얀
떡고물처럼 내려

가슴에 다복다복 설렘을 인절미 켜켜이 담듯
담고 있네
무슨 외로움 그리움
저리 커 달빛 그림자도 없는 들녘,
냉이 뿌리에 백설 외투만
입혀주고 있네

꽁초

누군가의 입에서 버려진
꽁초들 벤치 밑에
처참하게 어질러져 있다

자운영꽃 벌 한 마리
이른 아침을 먹는다
어린 참새 두 마리
풀숲에 고개를 자꾸
숙이는 것이 아침
목 운동이라도 하는 것인가
하! 맑은 공기 상서로운
산책이다
오월 향기가 손짓하는
바람도 싱그러운 이른 아침

고들빼기

매형이 장성長城농협으로
전근된 지 얼마 안 된
누님 집에
겨울방학 중이라
놀러 간다고,

어머니는 사위가 고들빼기
김치를 좋아한다고 그때 만해도
플라스틱 통이 없던 때라
옹기그릇에 담아
열차를 타고 가는데

6십년대라
철길이 눈 때문에 고장이 났다고
타고 온 기차는 더 이상
갈 수가 없게 되 멈췄다
승객들은 다들 걸어서
대기 중 열차로 옮겨
타고

그런대 기온은 얼음 바람처럼
차가웠고
눈발 또한 간간이 내렸다
나는 그날 춥다는 기억이
생생한데

몇십 년 지난
오늘 딱 이렇게 간간이 내려
기억을 소환해주니,
그때 어려 보이던 중학생이
참! 그립고 보고 싶기도 하구나

제3부
홀로 앉아 있는 벤치

반딧불이

아기 손처럼
자그마한 은행잎
오후 빗살에
반딧불이처럼
반짝이더니
쭈르르 잔디밭에
노랑나비가
날갯짓하는 것 같다
십일월 햇살이 야위어
가고 있다

파란 왈츠
-살살이꽃

하늘하늘
왈츠 추는
예쁜 꽃
얼비쳐
더 고운 꽃

홀로 앉아 있는 벤치

장마를 앞둔 햇발이
점점 잔디에 화살촉같이
내리꽂고 있다
숲 그늘 벤치도
혼자 골똘히 생각하는 것 같다
그래도 숲에는 새소리
쨱쨱 구름을 부르는지
저만치 석류빛 노을이
벌써 시간이,
가만히 일어나 나도
가고 있다

시내버스

문이 열리자
앞발 미처 떼지도
않았는데 뒷발이 앞서려,
아니 가슴이 먼저 들어오려 한다
뭐가 그리 바빠야 하는지
왜 이리 급해야 하는지
지구 따라 도느라 그럴까
조금이라도 그냥 구름 흐르듯
마냥
아이들 비치볼처럼 살 수
있다면 참 좋겠다 만

솔솔

솔솔솔
솔가지 사이로
가을이 솔솔솔
오솔길 사이로
나도 솔솔솔
억새도 솔솔솔

내 두 눈을 어지럽히고

내 볼을 간지럽히는 이 바람의 주인은
누구일까요
결국 내 가슴에 스며드는 이 바람의
주인은 누구일까요
바람과 친구가 되어
사계절을 함께 하고 있네요
어쩌면 글을 쓰게 해준 것 같아요
난 그 바람 그늘에서 파도의 노래를
듣고 있네요
아니 졸고 있네요
수선화가 그네를 타고
난 옅은 눈빛으로 노랑 얼굴의
이야기를 듣습니다

매화 얼굴

산책길 어떤 이들이
심호흡하고

향이 너무 예술이다
신의 경지다
수다가 한참이다

마치 미인 선발대
출전하는 것 같다

우드랜드*
– 대금공연

억불산 자락,
한음閑吟 읊조리니
대금 소리
천년학**날갯짓
나비처럼
편백나무 숲으로
날아든다

* 전남 장흥군 장흥읍에 있는 편백숲
** 임권택 감독 영화. 장흥 출신 소설가 이청준의
   '선학동 나그네'가 원작이다

라벤더 같은 아침

밀폐된 공간
이리저리 피해 보지만
예리한 창끝이 독화살처럼 날아든다
두 손으로 막아 봤지만
골문에 공이 들어가듯
틈이 열려 있다

이른 아침 방패 하나 걸려있다
아! 이거다
그 이후 방패를 쓸 때마다
당신의 배려와 성의에,
하루를 시작하기 위해
승강기에 탈 때마다
파리채에 새겨진
'주민용이니 가져가지 마세요'

통로 주민의 배려에
타인을 위한 마음씨에 감사드린 뜻에서
계단 입구에 가끔 책 한 권씩을 놓아둔다
필요하신 분 가져가세요
아파트 화단 라벤더가 나를 보고
웃고 있는 아침

갈색 보석

비가 올 것만 같은
새벽 벤치에 앉아
소나무 올려다 보니
솔방울이 갈색 구슬처럼
매달려 있는 것이
보석처럼 느껴진다
저 방울들 땅에 떨어져
많은 생명을 키울 것이다
푸르름 가득한 솔밭
이루어 주길 기도하는
마음으로 두 손 모아본다

장마

둥기둥기 피어 있는
달빛 같은 꽃
향기를 빗방울이 맡고
나무 아래 고양이 오도카니
서서 자꾸만 부르르 떨고
길 건너 카페 노란 불빛이
가만가만 다가오는 것 같다

그리움 하나 묻어두고

고만고만한 낮이
아슴푸레한
모색을 나에게
맡겨 놓고
어디론가 가는
뒷모습 내 마음속
그리움 하나
묻어두고 가네

종합병원

도저히 세울 곳이 없다

그런데도 옆 장례식장

주차장 텅 비어 있다

왜 저곳에 못 세우지

그래, 가는 사람이 어디

출퇴근 있더냐

언제 사용할지 몰라

그런 것 아닐까

등나무 아래서

등나무 아래서 한 줄
오월 햇살로 푸르려져 가는
연녹색 잎들을 본다
바람은 보랏빛 향기를
물고 와 와르르 뿌려 놓고
꽃눈개비처럼
우수수 우수수

혜량惠諒

이른 시간 숲에서 들려오는
끼르르 새소리 들려주는 이
누구신가요

노란 참외 달큼한 향기 건네주는 이
누구신가요

대장간 같은 더운 여름철 찬물에 밥 말아
먹게 해준 이 누구신가요

푸르른 강줄기 따라
걷게 해준 이 누구신가요?

내일도 오늘만큼만 해주기를 바라는
하심下心을 갖게 해주신 분께

두 손 모읍니다

조우遭遇

모터사이클이 질주하며
스크린을 가른다

주변이 밝아지고
앞사람 정수리가 또렷하다

문을 나서는데
소나기가 버티고 서 있다
어떻게 하지 난감해하는데
차 한 대가 멈춰 서고,

십여 년 만의 조우遭遇

어색한 듯
두 사람은
커피숍 창밖을 바라보고

어느 늦은 봄 붉은 자운영
꽃길을 걷던
기억을 떠올린다

비는 더 세차게 유리창을 긁고

주차장을 걸어가는 그녀
빗물에 젖은 전화번호 쪽지를
조심스레 핸드백에 넣고 있는 손등
눈물이 떨어진다

그녀의 뒷모습을 좇아가는 눈동자
가을비 찬 기운에도
가슴이 더워 온다

수평 이루는 계절

복숭아 볼그레한 날들
폭염은 벌떼처럼
몰려다니고

백중으로 가는 바람
새벽녘 창문을 닫고

언제쯤이나
유리 파편 같은 햇발
샘물처럼 시원한 더넘바람과
수평 이루는 날 오면

물회 생각이
구룡포 바다에서 헤엄친다

일부일日復日 파티

하루하루가 나에겐
파티다
하여 일신을 반듯하게
그리고 하루를 연다

깊어가는 가을

꼭

안아 보니

들국화 향 그윽하고

보듬어 보니 안개처럼 포옥

안겨 온다

어느새 새털구름처럼

가을이 국화 향 따라오네

소낙비

새벽 산책길
연꽃도 마구마구
나도 마구마구
빗소리에 흠뻑흠뻑
젖었지만 마주 보고
하하

선들바람

손끝에 단풍잎 하나
피었다
따스한 햇살에 화사하고
뒤집어 보면 텅 빈 가슴 같다
선들바람 불어 좋아?
　"색바람 불어오니 쓸쓸하네요"
가을이 깊어가려나
계절 잊은 듯 노란 나비
춤추는 오후

껌

왼쪽 오른쪽으로
꽉꽉 염소가 칡넝쿨처럼 씹듯이
어떤 때는 누런 빛바랜 벽지에도
붙여 놓고

소가 여물 되새김질하듯
짝짝 씹어대더니
휴지통에 툭 뱉어 버리고
심지어 뜨거운 아스팔트에도 퉤
내가 뭐, 그리 못마땅한지

어떤 땐 아이에게 과자 한 봉지 사 올 수 있어?
"그야 껌이지"
이렇게 낮추어 말하지만
난 말 한마디 안 한다

전생 무주상보시,
아님 천사였을까

몇 해 전

몇 해 전 왔던 숲길
들어 오니 변한 건
없고
새소리 여전히 낭창낭창하네
익숙한 아니 오랜만에
맡아본 향기
밤꽃향이 기억을
더듬어 주네
간간이 걸음 따라
끊겼다 이어지고
향이 반가워 가다가
상큼한 아카시아 향도
그리워,
아카시아 아가씨가
꽃잎 향을 뿌리며
날 기다리고 있을까

제4부
사랑과 편견

영혼의 함성

그들의 말을 다 듣고 있다
이곳에 오게 된 연유
억울하게 잡혀
총 맞고
난 아닌데 왜 죄 뒤집어
쓰고
혼자 벼랑에서 헛발질하다
떨어졌는데
내가 밀었다고
소나기 나뭇잎 떨어지는
소리가 영혼들 억울 타
분하다
비만 오면 소리치고
있는 듯
계곡에 눈 쌓인 가지 부러지는
소리 쩡쩡
영혼의 함성인가

선글라스 쓴 흑토끼

귤껍질을
사각사각
맛깔나게 잘도 먹는다

찔레꽃 담장을
두르고 있는 친척 집
마당 한 편에
댓잎 같은 두 귀가
쫑긋거린다

까만 눈동자 어느 쪽을
바라보는지 모르겠다
짙은 선글라스를 쓰고
있는 것 같다
눈이 부셔 쓰고 있을까
아니 토끼들 경호원일까
너의 속내는 무엇인가

세월이 엮은 그물

손녀 그네 타는 놀이터
벤치에 앉아 있다
저만큼 쉬고 있는
아동 지킴이
자꾸 나를 흘끔거린다
그 지킴이 세월 비켜 가지
못해 노인이다
난 젊다고 생각하지만
저분 눈에는
나도 노인,
물고기 투망 속에
갇히듯
나 또한 세월 그물 속
물고기 같구나

사이렌

참!! 사이렌, 경광등
도깨비 불빛 같다
더 빨라지는 119
생명이 화급하다

히포크라테스시여
지금은 당신 외에는
부탁할 데가 없습니다
가녀린 숨을 유지해주시고
가족들의 염원 간곡한 기도
의술을
베푸시기를
굽어살피소서

막 피어나는 봄기운을
맑게 하여 주시고
절실한 마음 불쌍히 여겨
고통으로부터 헤어나게
해주소서

어딜 가냐고 봄이 묻는다면

꽃샘추위 법석이더니
양지 녘 산자락에
진분홍 진달래
봄을 물고 산마루로
올라가고 있다

누가 나에게 누굴 기다리냐
묻는다면
두 볼이 말간 목련을
기다린다고,

누가
따스한 날 어딜 가고
싶냐 물으면

이웃 동네 절
겹벚꽃이 좋다던데,

누가 나에게 어딜 가냐
묻는다면
복사꽃 어제 피었다는
문자를 받았다고

사업의 길

할 수 있는 일 없으면
사업이나 하지 뭐
참 속 편한 소리 한다

사업은 안정기에 접어들 때까지는
빙상경기 살얼음판 같아
앞서간 이들에게 배워야 하는데

첫 삽을 뜨는 초년생들은
경험담을 바탕으로 하면
성공의 깃발을 꽂을 수 있기에
겸허히 경청하자

100 다홍빛을 사랑하고 싶은 날

달빛

이 밤의 푸르스름한 달빛
애잔해 보이는 것이
정녕 봄이 깊어 가는가 보다

초침

어둠이 열리고

눈이 열리고

마음이 열리고

아침이 열리고

하루가 열리고

계절이 열리고

우주는 초침秒針을

돌리고 있다

첫 꽃잎이

달달한 바람이 스쳐 가는군요
마치 어떤 갈색 머릿결이
바람에 휘익 날리듯 말이에요
조금 있으면 강아지가
아른거리는 아지랑이를 보고
막 꼬리를 흔들어 대겠지요
그러면 봄이 마구마구 현란한
분홍빛 꽃잎들을 뿌려도 될 거예요
아마도,

주름

말간 빛 달달한 호수
주름치마처럼
미풍이 수면에
주름을 잡으며
흘러가고
검은 비단 같은 까마귀
지긋이 내려다보는 오후
참새 떼 한 무리
물 주름 사이를
건너 건너 날아간다

햇비둘기

초리 같은 발그레한 발가락
사박사박
잔디에게 연신
고개 숙인다
참 인사성 밝다
그럴 때마다
뾰족한 젓가락으로
콕콕
오물오물 목마를까 봐
이슬방울이 목을 축여
주고 있다

사랑과 편견

"날 사랑해 줄 수 있나요?"
어쩌지요

물이 호수 형태에
맞춰지는 것처럼 안 돼서

안개가 꽃송이 안아주듯 못해
상처 줄 수 있어서

정중히 사양할 수밖에 없음을
해량海諒해주시기 바람

한 줄기 빛

한 줌 빛이
땅에 닿으니

흙은 나무에
물을 길어 주나니
나무는 잎들
키우고
잎들은 빛으로
꽃을 피우나니
참으로 경이롭고
상서롭지 아니한가

한 줌 빛이
땅에 닿으니

비몽사몽

꿈에 하늘 가득 찬 별들을
본 후
내게 무슨 좋은 일 생길 일
있을까만,

날마다 잠에서 깨면 내 마음
보석이 가득 찬다

독감이 좋아진 것도
보석이요

코로나 검사 음성 나온 것도
보석이요

베란다 분재 매향 가득한 것도
보석이요
양날 검처럼 펜 한쪽이
착한 시어들 쓸 수 있는 것도
보석이요

옆집 유치원 가는 아이 와
눈을 맞춘 것도 보석이요

글자를 문살 짜 맞추듯
시집 내는 것은 물방울 다이아몬드 같아 내겐
참! 큰 보석이요

내 지인들 있다는 것도
보석이요

모든 것이 빛날 수 있도록
파란 하늘에 매달린
태양이 있다는 것이
진정한 보석이어라

기염
-트로트 대회

소리맵시가 귓가를
두드린다
참 음색이 곱다
아주 물결처럼 찰랑거린다
인절미같이 찰지다
오늘 이 시간까지
오느라
그들의 속이 까맣게
타들어 갔을 거다
그 발성은 가슴이
쌓여 있던
기염이 터져 나온 것이리라

빛의 유희

나무 아래
그림자
노니는 것은
우듬지 위
빛의 유희

누군가 달빛 아래서
노래하는 것은
달빛의 유희

빛 하나 있어
물상이 눈 뜨고

우주의 빛은
지구의 생명 줄

환희

못 고친 장난감
아이가 애를 태우듯
십여 편, 몇 날을
수정하지 못했던 어휘들
오늘 요리사가 생선 다듬어
냉장고에 가지런히 넣듯
탈곡기 벼 낟알을 훑어 내듯
탈고했다
추수 끝낸 농부 막걸리로
목 축이는 것처럼
냉커피로
지친 머리 다독인다
산봉우리 오른 산객처럼
환희에 흠뻑 젖어 든다

수빙

순수한 얼음일수록
푸른색으로 빛나는,

'푸른 얼음처럼
살고 싶어라'

연둣빛 아침

봄 부탁을 받았는지
비가 땅을 두드리고
비가 멈추면
녹차밭 연녹색 잎들이
작설 혀를 내밀고
새벽안개 속에
바구니 옆에 끼고 오는
여인들을 마중할 것 같은
연둣빛 아침

은암隱巖

밤사이 섬이 둥둥 떠 있다
밑동만 누가 다 갉아
먹었는지 암두만 보인다
날이 밝을 때까지
누가 다 먹었을까
잠 깬 여가 또다시
해수를 줄다리기처럼 당기고 수달이
밥을 짓느라
불을 지피는지
해면이 불그스레 달아오른다

햇살 담요

이월 햇살이 주춤
거리더니
오후에 창문을
고양이처럼 소리도 없이
넘어 들어와
마루에 윤을 내더니
발등에 양광 담요를
덮어 주고 있다
겨울은 이렇게
솜이불같이 포근했으면
좋으련만,

가을 링거

창유리 빗방울
가을이다
가을이다며
뜀박질한다
창문 바라보고 있는
링거 방울 병소를
고치느라
약수처럼 떨어지고
가을비 낙엽을
씻겨 주고 있다

달력

후진도
급발진도
간이역도
없다

제5부
붉은 뒷모습

곶감

용산역 매표소 밤 8시 35분 여수행
잊어버린 물건 없이, 곧 발차합니다
야단법석 장날 같다
캐리어, 검정 가방, 쇼핑백들
손가락을 물고 있다
"상주곶감이라 맛보라고"
비닐봉지 하나 건너온다
"봄에 와 강화도 촬영
형님 좋아하시는 명동칼국수도
맛보시게 꼭 오세요."
불 꺼진 들녘 가로등도 없는데
갯지렁이 같은 고속 열차는
격앙되어 달린다
흔들릴 때마다 창가에 매달아
놓은 봉지에서 달큼한 내음
후배 따뜻한 마음이 봄날
아지랑이처럼 아른거리고 있다

솔가리

휘익휘익 늦가을 바람
남해바다 숨비소리 같네
어느 쪽엔 첫눈이 올 것이라고도 하고

양지 녘 앉아 빨간 아기 손 같은 잎을
바라보다가
시오리를 걸었더니 졸려
살짝 눈 감아본다

마른 솔잎 툭툭 간간이
어깨로 떨어지는 소리
지난 시간들
성찰하라는 죽비 소리 같네

가을로 가는 길

산산한 이른 아침

빛바랜 솔가지 하나

툭 떨어져 있어

가을로 가는 길

서양식 맷돌

봄이 오려나
댓잎 바람이
차지 않는 것이

드르륵드르륵
여름철 불린 콩
맷돌에 넣고
돌리는 느낌이다

드립커피를 좋아
한다고
그라인더를
선물 받았다
십수 년 만에
손끝에서 느껴지는 감촉

시간을 되돌려주고 있다
서양식 맷돌은
기억의 나침판이네

그림자 외로운 늦은 오후

쌀쌀하다
그리고 그립다
서녘이 몹시 안타깝다
주홍빛, 석류 빛으로
짙어가고

물결은 뭔가 여운에
떠나질 못하고 자꾸만
모래를 쓸었다
담았다 낮에 놀던
해안이 아쉽기도 한지,

석류 빛 수평선 뒤로
자꾸만 숨는다
나도 외로움이 짙어져
차마, 노을을 보진 못하고
내 그림자만 보고
걷고 있다

나무의 눈물

잎새 몇 개 달린
휘추리에 물방울
맺혔다

오늘은 이곳
리조트를 떠나는 날
막상 가려니 며칠
묵었다고 서운하네,

말을 들었을까?
조금 전까지는
멀쩡한 나뭇가지
빗소리도 없었는데

언제 비가 왔었나?
빗방울이 이별의
눈물처럼 보이네

무중霧中

검푸른 수면만이
교교한 달빛을 안고 있는
삼월 늦은 밤
누굴 태우고
어디로 가는지도
모르는 여객선 불빛만이
꿈을 꾸듯
지나가고 있다

어쩌면 꿈은 내가
꾸고 있는 것 같은,

어두움이 섬뜩하다
지금 산내면 매화는
통통 터지고 있을까
이곳은 땅끝마을
해남의 밤

성탄절 엽서

볕살이 곱더니만
급히 사라지고
눈이 보고 싶어
서쪽으로 가는 열차,
희끄무레한 안개 속에서
하얀 눈이 달려온다
차창 밖 솔가지에
하얀 눈꽃이 피어
동네 어귀에 서 있다
물상들 눈이 쌓여가고
성탄절은 사나흘 뒤,
나는 성탄절 엽서를
미리 받아보고 있다

눈으로 보는 초음파

배가 조금씩 불러온다
가만히 초음파로 보니
연노랑이 잠을 자는 듯
얼마 후
다른 봉오리 초음파에
연분홍이 이슬을
오무락거리는 것 같다
천둥소리에 잠 깼는지
이른 새벽안개 너울 쓰고
저마다 노란, 빨강
장미들이 방긋방긋
고운 미소와 마주고
햇살이 새벽을 깨우고
있는 이른 새벽녘

잎 하나

창 너머
생채기 난
붉은 잎 하나
계절이
머무는 허공
늦여름이
툭 던져지고 있다

달무리

하얀 솜사탕으로
구름옷을
지어 입었네

살살이꽃

가녀린 몸으로 어찌 저리도
오래 서 있을까
가만히 바라보니
햇살, 바람, 심지어 폭우에게도
반갑다
손을 흔들어 주는
사랑의 힘은 어디서 나올까
모두를 사랑할 줄 아는
너의 너그러움을
나 또한 닮고 싶구나

바람도 예쁜 날

숲길에 보랏빛 수국이
한껏 피었다
초록 잎들 그늘 아래
맑은 꽃, 방실 웃는 꽃
복숭아빛 올망졸망
걸어오고 있다
세상에 참 예쁘고
곱기도 하여라
어린이집 선생님은
아이를 닮아 가는지
미소가 수줍은 수선화
같아라

무언의 새순

햇살이 이곳저곳에
노랑, 보라 연분홍
색깔을 키우고 있다

곧 온다던 그도
소식 없고
꼭 온다던 그녀
숨소리도 없다

매년 이곳에 새순은
이때쯤 꼭 오는데
너희는
저 새순만도 못한
놈들

붉은 뒷모습

초록 잎들 노랗게
변하더니
몇 개만 초리에
간당간당한다
아마도 떠날 때를
아는 것 같다
떠나는 쓸쓸하고
초라한 모습 보이고
싶지 않으려고
그래서 눈바람 속에
가고 있다

고욤

산자락 마을에
다른 곳은 햇살이
다 지고 없는데
차창 너머에 가녀린
햇살이
빨간 양철지붕을
어루만지고
붉은 고욤을 부지런한
까마귀가 저녁밥으로
먹고 있다

가을 눈썹

상현달이 베어 먹고
남겨 놓은
초승달

여치 울음소리도
처연한 밤

너라도 눈 맞춤해 주니
쓸쓸함이 홀로 있지 않구나

초하

보랏빛, 연분홍
안개가 살포시
걷히자
수줍은 듯,

배옥이 얼굴을 내미는
여명이 아스라한 새벽
수국들이 소풍 나온
아이들처럼
자드락길을 걷고 있다

가을 하모니카

바람이 불어오네요
새벽에 어제와는 다르게
어디서 본 듯한 익숙한
바람이 불고 있네요

어쩌면 작년 이맘때도
오신 것 같았는데
며칠 전부터
재채기, 기침 나오는 것이
당신을 맨 먼저
알아본 것은 비염이었으니까요

그러나 당신이 싫진 않았어요
아마도 당신이 오시려
기별하는가 싶어서요

올가을엔 향기가 그다지 필요치는
않을 것 같아요
무지갯빛 단풍들이 곧 피어날 거니까요
그럼 난 그날이 오면
단풍나무 아래 바위에 앉아
하모니카를 불어 볼 참이에요

내 나이인 줄 알거라

날씨가 갑자기 더워진다
겨울 끝자락을 놓지 않더니
아이 새총에서 돌이
튕겨 나가듯
훅하고 신록 계절답게 진초록을
들고 온다
드라이클리닝 보낼 것 골라내는데
몇 개 안 되네,
문득 점차적,
나들이가?
가만히 생각해보니 몇 해째 된 것 같다
아! 그렇지 갑자기 몰려오는 쓸쓸함
언젠가 내 말이 당신 마음을 적신다면
오늘 내 나이인 줄 알거라

갈맷빛 숨소리

숲속에 매미 소리
울울창창

오늘따라 그 많던
제비들도 보이지
않는다

햇발은 유리 파편처럼
날이 서 있다

점심상에 진초록 고추
짭조름한 된장

아마도 중복이
가까이 오나 보다

겹동백

붉은 꽃잎들
켜켜이 포개진
팡, 팡, 함박꽃 같은
웃음들 지상에 내려와
흙내음을 맡고 있다가
소소리바람에
꽃송이가 움츠린다
지금 이들이 기다리는
건 살가운 햇살이려니

십자가

그곳 다닌다고
허나 마음에 십자가

불상을 모시지
않는다면

자신은 물론
다른 이들도 구원하기
어려울 것이다

그곳에 가는 것도
마음속 불상,

가슴에
십자가를 세우기 위함이라

시와 내 삶

"어찌 홀로 지내냐?"
하지만
난 사실 외롭지 않다
글 속에 꽃잎이 곱게 피고
낮에 본 가야금 연주
한 획 한 획 쓰다 보면
소리가 귓가에 여운을 주고
그래서 미처 쓸쓸할
틈이 없네
시 속에 벗이 있고
글 속에 많은 지인이
있다네